DISCOURS

PRONONCÉS

DANS L'ACADÉMIE

FRANÇOISE,

Le Jeudi XXV Janvier M. DCC. LXXXI,

A LA RÉCEPTION

DE M. LE COMTE DE TRESSAN.

A
L'IMMORTALITÉ

A PARIS,

Chez Demonville, Imprimeur-Libraire de l'Académie Françoise, rue Christine, aux Armes de Dombes.

M. DCC. LXXXI.

A L'IMMORTALITÉ

M. le Comte DE TRESSAN, *ayant été élu par Meſſieurs de l'Académie Françoiſe, à la place de M. l'Abbé* DE CONDILLAC, *y vint prendre ſéance le Jeudi 25 Janvier 1781, & prononça le Diſcours qui ſuit.*

MESSIEURS,

LE ſervice de mon Maître m'impoſa le devoir, pendant mes belles années, de m'occuper des travaux & des leçons d'Uranie. Admis dans ſon Temple depuis trente ans, j'y jouiſſois du bonheur d'écouter ſes plus dignes Interprètes : vous achevez, MESSIEURS, d'honorer & d'embellir mes vieux jours, en me recevant dans celui de toutes les Muſes ; c'eſt un nouvel honneur pour moi, d'y être admis le même jour que l'Auteur, si justement applaudi, d'*Hypermeneſtre*, de *la Veuve du Malabar*, & d'un grand nombre d'Ouvrages couronnés par vos mains & par la voix publique. Mon cœur s'émeut à l'aspect de ce nouveau Lycée ; tout m'y rappelle la mémoire chère & sacrée de ceux qui protégèrent mon enfance, & qui se plurent toujours à m'éclairer.

Sage Fontenelle, aimable Buſſy-Rabutin (1), Hénault, Maupertuis, Mairan, la Condamine, vous dont le nom vivra toujours dans le cœur de vos dignes Confrères, c'est à vos leçons, c'est à votre amitié que je dois en partie ce nouvel honneur que je reçois aujourd'hui, & je vous compterai toujours au nombre de mes bienfaiteurs !

Que ne dois-je pas auſſi au grand Homme que nous avons perdu ? Combien de fois dans mon adolescence M. de Voltaire ne quitta-t-il pas cette lyre & cette trompette éclatante qui déjà l'immortalisoient, pour placer ma jeune & foible main sur une flûte champêtre, ou pour lui apprendre à se servir de la plume d'Hamilton !

Pardonnez, MESSIEURS, au Vieillard que vous faites aſſeoir près de vous, d'oser vous parler de ses premières années. Mon exemple peut être utile à ceux qui commencent leur carrière avec des dons

_____

(1) Evêque de Luçon.

ſupérieurs aux talents qu'on m'avoit ſoupçonnés ; puiſſe cet exemple encourager mes jeunes Compatriotes , à mériter que deux illuſtres Compagnies couronnent un jour leurs cheveux blancs !

Les plus puiſſans ſecours leur ſont offerts : les Sciences ne ſont plus voilées par ces nuages qui ſervoient l'orgueil des anciens Philoſophes ; les Belles-Lettres ſont éclairées par les plus heureux travaux , & embellies par un goût épuré. Toutes les portes du Temple des Muſes ſont ouvertes, & leurs bienfaits ſe répandent ſur ceux qui ſavent les recueillir.

C'eſt par vous, MESSIEURS, qu'elles ont perdu leur ancienne ſévérité , & que ſans en être moins honorées, elles ſont devenues plus utiles. La Géométrie tranſcendante, la Muſe de l'Hiſtoire , permettent quelquefois aux Grâces de conduire la plume de ce Succeſſeur de Newton , qui nous a rendu l'eſprit & la narration ſublime de Tacite. Souvent auſſi, lorſqu'un nouveau Pline ſoulève les voiles dont la Nature s'enveloppe, elle ſe pare des fleurs qu'une main ſure fait ſi bien lui choiſir.

Tout favoriſe aujourd'hui l'émulation de ceux qui veulent acquérir des connoiſſances ou perfectionner leurs talents. De grands Hommes en ont ſimplifié les moyens : des théories lumineuſes facilitent les progrès des Sciences & des Beaux-Arts ; des méthodes ſures leur apprennent à connoître ces théories dans leurs détails les plus intimes ; à les bien faifir, à fe les approprier.

Le célèbre Académicien auquel j'ai l'honneur de fuccéder, effaya d'affurer & de diriger la marche de l'efprit humain, en applaniffant la route qu'il doit fuivre pour s'élever à la contemplation de la vérité.

Je n'entreprendrai point, MESSIEURS, d'analyfer les Ouvrages profonds de M. l'Abbé de Condillac ; je ne peux au plus que les indiquer.

Ce digne Emule de Locke étoit doué de tout ce qui caractérife un grand Obfervateur. Laborieux, patient, fachant captiver fon génie, il s'étoit convaincu de bonne heure que toute idée ifolée, quelque brillante qu'elle foit, ne porte que le trouble & l'erreur dans l'entendement, lorfqu'elle n'eft pas liée à l'ordre d'un grand nombre de vérités relatives. Cette liaifon intime des idées, leur analogie, leur correfpondance mutuelle fut la bafe inébranlable fur laquelle il appuya fes fpéculations métaphyfiques ; jamais il ne fe fervit d'un mot, fans en avoir défini le véritable fens.

Son premier *Traité fur les Connoiffances humaines* devoit commencer néceffairement par une recherche fur l'Origine des Langues : c'eft d'après le langage d'action que la Nature accorde à prefque tous les êtres fenfibles, qu'il démontre que les premiers accents de la voix se sont joints aux signes imitatifs pour en augmenter l'expression, & qu'ils se sont modulés & multipliés avec les besoins des hommes; c'est ensuite de ces mêmes besoins qu'il fait naître successivement les Arts & Métiers , & les nouveaux mots qui les représentent & qui les expliquent.

La méthode analytique que M. l'Abbé de Condillac s'étoit formée, lui fit découvrir facilement le peu de solidité de plusieurs différens systêmes. Ce fut en portant la clarté dans leur chaos, qu'il prouva que leurs Auteurs n'avoient travaillé qu'au hasard, & que leurs édifices étoient bâtis sur les mêmes fondemens que l'Astrologie judiciaire , la Divination, la Magie , Erreurs populaires enfantées par la superstition, l'avide curiosité , l'intérêt personnel, & par l'amour du merveilleux. C'est avec les fortes armes du raisonnement qu'il combattit la métaphysique de Descartes, de Spinosa & de Leïbnitz , & qu'il démontra qu'aucune analogie éclairée ne les avoit conduits.

Ce fut dans le *Traité des Sensations* que M. l'Abbé de Condillac porta le dernier coup au systême des idées innées, trop long-temps enseigné dans l'Ecole.

Ne pourroit - on pas comparer les grandes découvertes métaphysiques à celle de quelques Isles éparses en des mers inconnues ? .... Un Navigateur audacieux aperçoit au loin une de ces Isles, il la place sur la carte; elle y reste long-temps inconnue, on néglige de la retrouver. Un second Navigateur plus heureux aborde dans cette Isle, la parcourt, en observe l'intérieur. Un troisième est assez puissant pour s'en emparer, & pour élever un monument dans son centre. Le dernier qui s'approprie cette Isle, est un Cultivateur laborieux qui la défriche. C'est ainsi que le célèbre axiome d'Aristote qui dit : *Que nous ne recevons d'idées que par les sens*, fut inutile, ignoré même pendant une longue suite de siècles dans les Annales de la Philosophie. Le sage Locke s'empara de cette idée & l'agrandit; la plume de l'éloquent Auteur de l'Histoire Naturelle la mit en action dans les Jardins d'Eden; M. l'Abbé de Condillac s'en servit pour animer par degrés sa Statue.

A l'exemple de Socrate, le Philosophe François savoit faire naître ses propres idées dans l'esprit de ceux qui l'écoutoient; souvent on croyoit produire, lorsqu'on n'étoit qu'entraîné par l'ordre & la progression lumineuse de ses propositions.

Un Génie utile à l'Etat (1), & si cher à cette Compagnie, sut apprécier le talent supérieur qu'avoit M. l'Abbé de Condillac pour former un grand

(1) M. le Duc de Nivernois.

Prince;

Prince ; il le propofa pour l'éducation de l'Infant-Duc de Parme.

On voit dans les feize Volumes qui traitent du Cours de cette Education , quelle eft la méthode fimple que le favant Inftituteur employa.

Dans les quatre premiers , il apprend au jeune Prince à fe bien connoître lui-même , à fe fervir du plus fimple de tous les moyens pour acquérir de nouvelles idées, les confidérer dans tout leur jour , les apprécier , les fortifier l'une par l'autre , les ranger dans un ordre philofophique , & en tirer des réfultats néceffaires.

C'eft après l'avoir ainfi préparé, qu'il lui fait jeter la vue fur toute la fuite des fiècles; il lui découvre l'origine des Sociétés , l'enfance des Nations , leurs progrès , leurs premières opinions , les Arts qu'elles ont inventés par degrés , l'élevation de leur puiffance, leur politique , leurs fautes , leur décadence.

Ce grand Ouvrage eft un Traité continuel de Philofophie-pratique pour un Souverain : le récit des faits y paroît toujours fubordonné à l'explication des caufes. Ce n'étoit point un Prince érudit que M. l'Abbé de Condillac vouloit former ; c'étoit un Père , c'étoit un Maître éclairé fur tous les devoirs refpectifs ou généraux de la Société , qu'il vouloit donner à fes Sujets.

B

Le *Traité de Logique* qu'il publia peu de temps avant fa mort, paroît au premier coup-d'œil fuppofer beaucoup de connoiffances antérieures dans fes Lecteurs : cependant en faififfant bien fes principes, en s'affujettiffant à fuivre la marche de fes propofitions, on arrive fans effort à toutes les conclufions de cet Ouvrage ; & l'efprit jouit alors de ce calme agréable & trop peu connu, que produit en nous la préfence de la vérité.

C'eft dans les mains de l'amitié (1) que M. l'Abbé de Condillac a dépofé fon dernier Ouvrage. L'Auteur y confidère les défauts de prefque toutes les Langues vulgaires, comme un obftacle aux progrès de l'entendement ; la feule Langue de l'Algèbre lui paroît parfaite : « Ses fignes (dit - il) font précis ; » ils naiffent d'une analyfe fimple ; leur analogie » eft toujours complette ».

Cette Langue en effet pourroit fuffire à fa Statue, tant que fon cœur & fon imagination ne feroient pas encore animés : mais quelle efpèce de fociété pourroit-elle former entre des Etres plus fenfibles ? & ne détruiroit-elle pas tous les charmes de celle dont nous jouiffons.

Admirons les efprits tranfcendants qui s'occupent

(1) M. de Keralio.

de ces hautes fpéculations! elles perfectionnent le grand art de raifonner. Mais ce qui eft géométriquement vrai, n'eft pas toujours poffible; & la Société générale d'ailleurs n'a-t-elle pas des intérêts bien directs, à ne pas tout accorder à cet art? Pourquoi fe priveroit-elle de jouir & d'apprécier, d'après un fentiment intérieur, ces effets agréables produits en nous par l'éloquence & par l'harmonie? Pourquoi fe ferviroit-elle d'une Langue qui confterneroit les Grâces, qui glaceroit le Génie National? Eh! que pourroit-elle ajouter pour la lumière, la précifion & la beauté des images, au Théâtre d'Education & aux Annales de la Vertu qu'une nouvelle Mufe (1) nous fait admirer? Chaque Langue a fon caractère particulier; c'eft au goût, c'eft au fentiment à l'enrichir, en la rendant plus étendue & plus expreffive. Les Langues diverfes s'appauvriront toujours dans la décadence des Empires, & cette décadence entraîne néceffairement celle des Lettres & des Beaux-Arts; mais combien ne gagnent-elles pas dans les fiècles éclairés & dans les Royaumes floriffants!

Ceux des Valois qui travaillèrent à reftaurer les Lettres, euffent-ils ofé croire que la Langue de

---

(1) Madame la Comteffe de Genlis.

Ronfard pût devenir affez riche, affez harmonieufe, fous les Bourbons, pour approcher de celle du Cygne de Mantoue? Et cependant, les dons & les travaux de Palès n'ont rien perdu de leurs charmes fur les lyres enchantereffes du Chantre des Saifons & de notre Virgile François.

C'eft par vos heureux travaux, MESSIEURS, que notre Langue acquiert fans ceffe de nouvelles richeffes! & le grand Armand avoit prévu vos fuccès, lorfqu'il fonda cette Académie, l'une des plus anciennes de l'Europe.

Les Mufes commençoient à peine alors à rejeter le clinquant & les vieux atours dont le faux goût les avoit furchargées : dès qu'elles fe parèrent des guirlandes immortelles qui leur furent offertes par Malherbe & l'aîné des Corneilles, Richelieu faifit ce moment de leur élever un Temple des mêmes mains qui tenoient les rênes de l'Etat. La politique profonde de ce Miniftre lui faifoit craindre que le feu noir & caché de la Ligue ne jetât encore quelques étincelles; ce fut en éclairant les efprits, en les attachant aux Lettres, aux Spectacles, aux Beaux-Arts, qu'il réuffit à les diftraire des idées qui pouvoient leur rappeler un refte de divifion & de férocité; ce fut ainfi qu'il parvint à leur faire aimer le calme heureux dont jouit un paifible & bon Citoyen. Plus en effet, MESSIEURS, un Etat eft tranquille dans fon intérieur, plus il eft éclairé, & plus il eft refpectable à fes voifins.

L'un des plus illuftres Confervateurs des Loix, le Chancelier Seguier, s'occupa de foutenir les progrès naiffants de cette Compagnie lorfqu'elle perdit fon Fondateur ; fon nom confacré dans vos faftes, MESSIEURS, y reparoît toujours avec la même gloire.

Le grand Roi dont le Règne égala celui d'Augufte, & dont les vertus & la majefté furent fupérieures à celles de cet Empereur ; Louis, frappé du pouvoir que les travaux de cette Compagnie commençoient à prendre fur les efprits, voulut être alors votre feul Protecteur, & tranfmit cet exemple à fes fucceffeurs.

Pourrions-nous, MESSIEURS, nous rappeler, fans en être vivement émus, les marques honorables que nos Rois nous ont données fans ceffe de leurs bontés ? Si parmi les Romains les regards des Sénateurs vertueux furent la récompenfe d'un Citoyen utile, quel effet ceux du Souverain ne doivent-ils pas faire fur des François toujours paffionnés pour leurs Rois !

Hélas ! nous n'avons vu que l'aurore d'un beau jour ; le Ciel n'a fait que nous montrer un Dauphin dont il avoit éclairé l'efprit & formé le cœur ! Déjà

les trois premières Académies de cette Capitale s'éton-
noient de l'entendre parler avec tant de fupériorité la
Langue qui leur eft particulière; elles le voyoient
s'occuper de leurs travaux ! — Quel jufte efpoir ne
donna-t-il pas à la France ? quelle fource éternelle
de larmes pour fes anciens Serviteurs? Ah ! Messieurs,
je ne fens que trop en ce moment, où la perte la
plus cruelle vient de confterner toute l'Europe, qu'il
eft des douleurs que le temps ne peut calmer !
Hâtons-nous de porter nos regards fur le commen-
cement du Règne de notre augufte Maître !

Admirons la jeuneffe, l'efprit & la beauté affifes
près de lui, fur le plus beau Trône de l'Univers !
Elles appellent les Beaux - Arts, elles tempèrent la
majefté du fouverain pouvoir; elles rendent heureux le digne fucceffeur de Charles V, de Louis XII
& de Henri IV. François ! lorfque ce Prince, con-
duit comme le fils d'Ulyffe, fe plaît à fuivre les
principes de ces bienfaiteurs de la France, lorfqu'en
facrifiant une partie de fa fplendeur extérieure il
en acquiert une immortelle dans les faftes de la
Nation, lorfqu'il eft perfuadé que la vraie gloire
confifte moins à faire des conquêtes qu'à conferver
l'honneur de fa Couronne, la liberté du commerce,
celle des Nations, fans faire fentir le poids de la guerre
à des Sujets fidelles, ah ! prouvons-lui du moins que de

vrais François fe facrifieront toujours pour fon fervice, & que fon autel eft élevé déjà dans leurs cœurs!

J'ai toujours cru, MESSIEURS, m'unir à vos travaux, en m'occupant à retracer tout ce qui tient aux Lois, aux mœurs, aux ufages de l'ancienne Chevalerie.

Toujours animé pour la gloire de mon Roi & pour celle de la Nobleffe Françoife, lorfque les armes font devenues trop pefantes pour des mains qui les portoient depuis foixante ans, je me fuis propofé de mettre en action tout ce qui peut rappeler à nos jeunes Guerriers l'ancien efprit de leurs Pères; j'ai tâché de peindre avec force cette ardeur héroïque qui ne laiffe voir que des lauriers fur le front hériffé d'une phalange ennemie ou fur une brèche embrafée, cet honneur épuré qui n'interprète ni n'excufe aucun acte foible ou coupable, cette inébranlable fidélité pour le Souverain auquel on doit fa vie, & pour celle qui peut en affurer le bonheur.

Eh! quel plus noble & plus doux efpoir en effet peut animer un Chevalier François, que celui de paroître aux yeux de fon Souverain après une action brillante, d'être compté dans le nombre de ceux qui fe rendent utiles à l'Etat, foit par leurs fervices, foit par leurs connoiffances, & de voir les vertus & la beauté applaudir à ſes ſuccès ! Qu'il ſe rappelle ſans ceſſe ce paſſage de Tacite, ſi honorable pour les anciens Francs : *Les mœurs font plus chez eux*, dit cet Hiſtorien Philoſophe, *que les plus fortes Lois chez les autres Nations.*

Mes vœux les plus ardents & les plus tendres ſont aujourd'hui remplis, MESSIEURS: oui, les Gueſclins, les Bayards renaîtront parmi nous ; nos jeunes Paladins François n'ont point dégénéré de ceux qui furent chantés par la voix harmonieuſe du Poëte Ferrarois. Ils ont volé ſous les ordres d'un nouveau Renaud ; ils ont étonné le Nouveau-Monde par leur audace ; ils ſont revenus porter aux pieds de LOUIS, des palmes qui furent in-connues aux Grecs, aux Romains, & que les fleuves de l'Ancien-Continent ne voyent point croître ſur leurs bords. Ils volent une ſeconde fois ; ils portent la Bannière des Lis vers ces Rives éloignées.... Heureux.... heureux le père qui reçoit des mains de ſon fils un rameau de ces nouvelles palmes, ſi dignes d'être entrelacées avec les lauriers de Mahon & de Fontenoy !

RÉPONSE

RÉPONSE de M. l'Abbé DELILLE, Directeur de l'Académie Françoise, au Discours de M. le Comte DE TRESSAN.

MONSIEUR,

LE tribut d'éloges que vous avez payé à la mémoire de M. l'Abbé de Condillac me dispenseroit de rien ajouter à ce que vous en avez dit, si mon devoir & mon inclination ne m'avertissoient également de jeter aussi quelques fleurs sur son tombeau. Vous ne regrettez qu'un Homme de Lettres, & je regrette un Confrère.

M. l'Abbé de Condillac orna d'un style noble, clair & précis, différens objets de la Métaphysique, cette Science à la fois si vaste & si bornée; si vaste par son objet, si bornée par les limites prescrites à la raison. Placée entre les mystères augustes de la Religion & les mystères impénétrables de la Nature, entre ce qu'il est ordonné de croire & ce qu'il est impossible de connoître, elle peut creuser dans

C

ce champ fi étroit, mais elle ne peut l'élargir.

Abandonnés, par leur Religion, à toute la liberté de leurs rêveries philofophiques, les Anciens, fi admirables d'ailleurs en morale & en politique, ne nous ont guère tranfmis dans leur Métaphyfique que des abfurdités, qui, pour l'honneur de la raifon, devroient être dans un profond oubli, mais qu'un refpect curieux pour tout ce qu'a penfé l'Antiquité, a condamné à refter immortelles.

Et cependant telle eft la deftinée des Anciens, que dans prefque tous les Arts, prefque toutes les Sciences, les Modernes fe font appuyés fur eux: ils n'ont pas achevé tous les édifices des Arts, mais ils ont pofé les fondements de tous ; & le fyftême de Locke n'eft, comme on le fait, qu'un développement très-neuf d'un axiome très-ancien, que rien n'exifte dans la penfée qui n'ait paffé par les fens. C'eft ce même axiome que M. l'Abbé de Condillac a développé d'une manière encore plus lumineufe, en reprenant, où Locke les avoit laiffées, des idées dont il fembloit avoir méconnu la fécondité, comme on voit dans les mines un ouvrier habile revenir fur les traces des premiers travaux, & faifir une veine abandonnée.

Tel eft l'objet du beau *Traité des Connoiffances humaines*, qui plaça tout d'un coup M. l'Abbé de

Condillac au rang des Philofophes les plus diftingués. Je ne m'étendrai pas fur fes autres Ouvrages
que vous avez fi bien appréciés ; je ne me laifferai
pas même féduire par cet ingénieux *Traité des Sen-*
fations dont il dut l'heureufe idée à une femme , &
qui réunit à l'intérêt de la vérité le charme de la
fiction. Mais je ne puis ne pas m'arrêter avec plaifir
fur le moment où M. l'Abbé de Condillac fut ap-
pelé fur un théâtre plus digne de fes vertus & de
fes lumières, par le choix qu'on fit de lui pour être
l'Inftituteur de l'Infant de Parme. On a vu des Philofophes célèbres refufer des propofitions femblables
avec des conditions plus honorables encore & plus
flatteufes, & défendre contre la promeffe de la plus
haute fortune & des plus grands honneurs, leur repos
honorable & leur douce médiocrité.

L'Abbé de Condillac n'avoit pas les mêmes raifons
de refus. Il s'agiffoit d'un Enfant du Sang de France ;
& le Philofophe, en acceptant, fut encore Citoyen.
Eh ! qui convenoit mieux à cette place, que celui
qui avoit étudié fi profondément l'efprit humain ?
Mais il ne s'agiffoit plus de ces brillantes hypothèfes,
de cette Statue animée par une ingénieufe fiction :
il s'agiffoit de former un Enfant Royal ; il falloit
épier, faifir au moment de leur naiffance chacune
de ces penfées d'où devoit dépendre un jour le fort

d'un Etat ; les diriger , les épurer , & pour ache-
ver cette grande création , allumer dans cette ame
un feu vraiment célefte , l'amour du bien public.

Lorfqu'on a dit d'un Ecrivain : Il fut grand Ora-
teur , grand Poëte , grand Philofophe , le Public
entend dire encore avec plaifir : Il fut fimple & bon.
Tel fut M. l'Abbé de Condillac. Pour le regretter
autant qu'il mérite de l'être , il ne fuffit pas d'avoir
lu fes Ouvrages ; il faut avoir connu fes amis ou
l'avoir connu lui-même. Il fut pleuré . . . : qu'ajou-
terai-je à ce mot ?

Le Public vous voit avec plaifir , MONSIEUR ,
prendre ici la place de cet illuftre Académicien.
Votre nom & votre rang ajoutent un nouveau luftre
à vos talents , & vos talents rendoient votre nom
& votre rang inutiles.

Aux dons de la Nature vous avez ajouté ce goût
exquis , perfectionné par le commerce des Sociétés
les plus brillantes , dont vous-même avez été l'or-
nement. On fait combien les agréments de votre
efprit ont embelli cette célèbre Cour du feu Roi
de Pologne , compofée des hommes & des femmes
les plus diftingués par la naiffance , les grâces , le
génie , & qu'Augufte , Maître du monde , eût en-
viée à Staniflas détrôné.

Depuis long-temps vous vivez dans une retraite

philofophique, où les Lettres font votre bonheur
& votre gloire. Il femble qu'elles veulent vous
payer aujourd'hui les heures que, dans vos plus
belles années, vous avez dérobées pour elles
aux plaifirs de la jeuneffe & au tumulte des Cours.
Permettez-moi feulement de remarquer une chofe
très-nouvelle, dans ce partage que vous leur avez
fait de votre vie. Dans votre jeuneffe, vous vous êtes
occupé de chofes férieufes; & de favans Mémoires
fur quelques objets de la Phyfique vous ont mérité
l'adoption de l'Académie des Sciences. Dans un
âge plus avancé, vous vous êtes livré aux brillantes
féeries des Romans, & aux enchantemens de la
Poëfie. Digne rival des Chaulieu, des la Fare,
de ce Saint-Aulaire qui compofa à quatre-vingts
ans quelques Vers qui l'ont immortalifé (car dans le
plus petit genre la perfection immortalife), fucceffeur
de ces Hommes aimables dans la célèbre Société du
Temple, vous avez hérité d'eux non-feulement
leurs grâces & leur urbanité, mais encore l'art
heureux de tromper comme eux les ennuis de l'âge
par les preftiges dont vous entoure votre génie aimable & facile. Le talent le plus jeune vous envie-
roit la fécondité de votre plume élégante, & ce
que vous appelez votre vieilleffe, car ce mot femble ne devoir jamais être fait pour vous, reffem-

ble à ces beaux jours d'hiver fi brillans , mais fi rares , dont la plus belle faifon feroit jaloufe.

Peut - être tous ceux qui ne cultivent les Lettres que comme un moyen de bonheur, devroient-ils vous imiter ; peut-être faudroit-il que nos études , au lieu de fuivre l'impreffion & le caractère de l'âge; luttaffent contre fon impulfion ; que comme vous, MONSIEUR , on oppofât des méditations férieufes & profondes à la bouillante effervefcence & aux dangereufes erreurs de la jeuneffe; que comme vous on égayât des fleurs de la Littérature la plus aimable ce déclin de l'âge où la raifon chagrine ternit & décolore nos idées , & que par ce moyen on retînt du moins le plus long-temps qu'il feroit poffible , les douces illufions qui s'envolent. Mais pour cela , MONSIEUR , il faudroit & ce fonds de raifon qui vous a diftingué de fi bonne heure, & cette tournure d'imagination toujours jeune, toujours fraîche , qui , n'en déplaife à tous les Romans poffibles , eft la véritable fée, la véritable enchantereffe. C'eft par elle que vous avez rajeuni nos anciens Contes de Chevalerie ; ils ont acquis plus de goût & d'élégance , & n'ont prefque rien perdu de leur antique naïveté.

On dit que nos anciens Paladins , revenus de leurs expéditions valeureufes, dans l'oifiveté de leurs châteaux, fe faifoient conter les exploits des Braves les plus célèbres. Vous avez mieux fait encore, MONSIEUR; dans la paix de votre retraite, vous avez célébré vous-même les exploits de ces anciens Héros de notre Chevalerie, à laquelle vous appartenez par votre naiffance. C'eft par ce même attrait, fans doute, que vous avez traduit le charmant Poëme de l'Ariofte, archives immortelles de ces nobles extravagances de la bravoure Chevalerefque, qui, depuis corrigée par le ridicule, & réduite à fon jufte degré, eft devenue le véritable caractère de la valeur Françoife. Au refte, MONSIEUR, cet efprit de Chevalerie, que nous croyons fi moderne, peut-être remonte-t-il plus haut qu'on ne penfe. Il me femble que la Grèce eut auffi & fes Paladins & fes Troubadours. Hercule, Pyrithoüs, Théfée, alloient auffi cherchant les aventures, exterminant les monftres, offrant leurs bras & leurs vœux à la Beauté; & Homère alloit chantant fes Vers de Ville en Ville. Enfin, rien ne reffemble plus à l'héroïfme d'Homère que l'héroïfme du Taffe: car votre Ariofte, MONSIEUR, a chanté fur un autre ton, ou, pour mieux dire, fur d'autres tons; en effet, il les a tous.

Vous favez que, lorfque fon Poëme parut, quelqu'un lui demanda où il avoit pris toutes ces folies. Vous, MONSIEUR, qui l'avez reproduit dans notre

Langue, vous lui avez plus d'une fois demandé où il
si avoit pris ce génie souple & si facile, qui parcourt
sans disparates les tons les plus opposés ; qui, par
un genre de plaisanterie nouveau , ne relève les
objets que pour mieux les abaisser ; de l'expression
sublime descend subitement , mais sans secousse,
à l'expression familière , pour causer au Lecteur ,
tout-à-coup désabusé, la plus agréable surprise ; se
joue du sublime, du pathétique de son sujet ; com-
mence mille illusions qu'il détruit aussi-tôt ; fait suc-
céder le rire aux larmes , cache la gaieté sous le
sérieux & la raison sous la folie , espèce de trom-
perie ingénieuse & nouvelle, ajoutée aux mensonges
riants de la Poësie.

Il semble que le peu d'importance qu'il paroît
attacher à toutes ces imaginations, auroit dû désar-
mer la critique ; cependant à ce Poëte si peu sérieux,
même quand il paroît l'être le plus , elle a très-sé-
rieusement reproché le désordre de son plan. Vous
savez mieux que personne, MONSIEUR, combien
ce désordre est piquant ; combien il a fallu d'art
pour rompre & relier tous ces fils ; pour faire démé-
ler au Lecteur cette trame, comme il le dit lui-
même , d'événemens entrelacés les uns dans les autres ;
pour l'arrêter au moment le plus intéressant sans
le rebuter , &, ce qui est le comble de l'adresse,

entretenir

entretenir toujours une curiofité toujours trompée.

Vous vous rappelez la fameufe querelle des Anciens & des Modernes. Connoiffez-vous un Auteur qui eût pu mettre un plus grand poids dans la balance ? Les Modernes qu'on oppofoit aux Anciens, devoient aux Anciens mêmes une partie de leur force. L'Ariofte feul, vraiment original, pouvoit lutter contre eux avec fes propres armes ; & ces armes, comme celles de fes Héros, étoient enchantées.

Laiffons à l'Italie cet éternel procès de la prééminence du Taffe & de l'Ariofte, qui amufe la vanité Nationale ; leurs genres font trop différents pour être comparés. Admirons la beauté noble, régulière & majeftueufe de la Poëfie du Taffe ; adorons les caprices charmants, le défordre aimable, & l'irrégularité piquante de la Mufe de l'Ariofte. Une feule chofe les rapproche ; c'eft le plaifir avec lequel on les lit même dans les Traductions les plus foibles, où pourtant l'Ariofte avoit, quoique fous la même plume, perdu beaucoup plus que le Taffe. Car quel ftyle parmi les Modernes égale celui de l'Ariofte ? Vous l'avez vengé, MONSIEUR, de l'infidélité de fes premiers Traducteurs, & je vous dirois volontiers, en ftyle de Chevalerie : Vous avez redreffé les torts de vos prédéceffeurs.

Cependant je vous crois déjà trop de dévouement

D

à la gloire de l'Académie, pour exiger que j'établiſſe votre ſupériorité aux dépens d'un Homme eſtimable dont le nom eſt ſur ſa Liſte. L'Ouvrage de M. de Mirabaud ſe lit avec intérêt; &, pour tout dire en un mot, il a traduit un Roman, vous avez traduit un Poëme.

Quelle obligation n'avons-nous donc pas, MONSIEUR, à votre vie retirée & paiſible, puiſqu'elle nous a valu des Ouvrages auſſi aimables ! Combien vous devez la chérir vous-même, puiſqu'elle a tant contribué à votre gloire ! Cependant, MONSIEUR, je ne puis m'empêcher de faire contre elle quelques vœux, non en faveur d'un monde ſouvent frivole, qui ne vous offriroit aucun dédommagement des vrais plaiſirs que vous auriez perdus, mais en faveur de l'Académie qui vous adopte; vous voyez qu'on s'y occupe de tout ce que vous aimez. Quittez donc quelquefois votre aſile pour elle, & vous croirez ne l'avoir pas quitté.

OUVRAGES NOUVEAUX,

Qui se trouvent chez le même Libraire.

Le Microscope moderne, pour débrouiller la Naturé par le filtre d'un nouvel alambic chymique, orné de Planches & d'une grande Carte. *Prix, broché,* 9 liv.

Essai sur les Réformes à faire dans notre Législation criminelle. *Prix, broché,* 2 liv. 8 fols.

www.ingramcontent.còm/pod-product-compliance
Lightning Source LLC
Chambersburg PA
CBHW061630180626
46818CB00005B/2316